하늘의 감성

하늘의 감성

초판 1쇄 인쇄   2010년 08월 12일
초판 1쇄 발행   2010년 08월 19일

지은이 | 길지연
펴낸이 | 손형국
펴낸곳 | (주)에세이퍼블리싱
출판등록 | 2004. 12. 1(제315-2008-022호)
주소 | 서울특별시 강서구 방화3동 316-3 한국계량계측회관 102호
홈페이지 | www.book.co.kr
전화번호 | (02)3159-9638~40
팩스 | (02)3159-9637

ISBN 978-89-6023-406-2 03810

하늘의 감성

길지연 산문집

| 에세이 작가총서 303 |

ESSAY

관찰자라고 합니다

　뉴욕 행 비행 출발 두 시간 전, 사무장, 부사무장, 비즈니스 석 담당 승무원
과 일반석 담당승무원 전원이 모여 한 시간가량 브리핑을 통해 그날의 비행
을 준비한다. 브리핑에서는 일반적으로 승무원 개개인의 이름, 국적, 비행경
력, 타국 언어구사 여부를 간략하게 소개하는 것을 시작으로 기내 안전 및
서비스 관련 사항, 승객 프로필에 관하여 점검한다. 그런데 이 날의 사무장
은 브리핑이 끝날 무렵 각각 좋아하는 것이 무엇인지도 물었다. 미국, 남아
공, 네팔, 필리핀, 영국, 인도, 케냐 모두 다른 국적을 가진 서로를 처음 본 우
리는 미처 준비하지 못한 부가질문에 당황했지만, 개성 강한 동료들은 감각
있고 솔직하게 대답했다.

　미국인 승무원이 먼저 입을 열었다.
"나는 수집하는 게 취미야!"
"예를 들면?"
"뭐든지! 맘에 들면 일단 사서 옷장 안에 모아둬."

이곳저곳에서 웃음소리가 흘러나온다.

"예를 들면, 파리에서는 루이뷔통 가방, 빈에서는 스와로브스키 귀걸이, 프랑크푸르트에선 휘슬러 냄비세트, 또 뭐가 있더라. 맞아, 세부에서는 망고 도 사고 콜롬보에선 스리랑카의 유명한 차도 사지."

모두들 이해한다는 표정으로 고개를 끄덕인다. 파리에선 에펠탑을, 로마 에선 바티칸을, 뉴욕에선 센트럴 파크를 가는 것이 당연한 것처럼 승무원 사 이에서는 어느 나라에 가면 이것만은 꼭 사라 하는 'must buy item'이 족보 처럼 내려오기 때문에 그 대답에 동감하는 우리는 순간 박장대소를 하고 말 았다.

다음은 남아프리카 게이 동료.

"난 사람들과 어울리며 춤추는 걸 좋아해. 그래서 비행가는 모든 도시의 클럽은 내가 꽉 잡고 있지!"

사무장은 기러기 모양의 눈썹을 만들며 눈을 크게 뜬다. 무언가 눈치 챘다 는 표정이다.

"오호라, 그러니까 비행을 가는 도시마다 남자친구가 있다는 말이네, 응?"

인형처럼 말아 올린 눈썹을 깜빡이며 게이 동료는, "없다고는 말할 수 없 지!"라고 말하며 살짝 윙크를 한다.

네팔동료 순서다.

"나는 잠자는 걸 너무 좋아해! 남들은 비행 후 시차 때문에 잠들기 힘들다고 하는데 난 어디에서든 언제든 누웠다 하면 잠이 들어."

"와우! 넌 딱 승무원 체질이네!"

그리고 내 차례.

"글쎄, 나는 사람들 보는 걸 좋아해."

"사람들을 본다고?"

"응, 기차역이나 카페, 공원, 거리, 어디에서든 좋아. 그냥 앉아서 지나다니는 사람들을 봐. 사람들의 표정, 머리 모양, 옷, 신발, 때론 무엇을 먹는지, 누구와 말하는지, 어떤 이야기를 나누는지, 남자는 여자친구의 손을 앞으로 잡았는지, 뒤로 잡았는지……."

"너는 관찰자구나!"

"어?"

"그……그러네. 난 관찰자야."

그리고 13시간이라는 뉴욕 행 장거리 비행 동안 '관찰자(Observer)'라는 단어가 내 머릿속에서 떠나지 않았다. 내가 '관찰자'라고.

맞아. 그랬다. 난 관찰자였다.

타인을 통해서 내 모습을 찾고 싶어 하는 관찰자. 그리고 어쩌면 이 글을 읽는 독자들 또한 '나, 길지연' 이라는 타인을 통해서 당신의 단면을 찾으려 하는 또 다른 관찰자가 아닐까 생각해본다.

그동안 저는 당신을 관찰하며 제 모습을 찾아 헤맸어요.

내가 어떤 사람인지,

내가 무엇을 꿈꾸는지,

내가 무엇을 해야 행복한지…….

이젠, 당신 차례예요.

2010년 2월 18일

길지연

차 례

1부

하늘의 감성

날개

승객 여러분 안녕하십니까? 저는 여러분이 언제 어디에서 탑승하든, 여러분의 영혼이 자유로울 수 있는 곳까지 안전하게 모시겠습니다. 이 비행기는 시간을 달리는 시속으로 무한고도까지 진입할 예정입니다. 계속된 악천후로 기후 불안정지역을 통과할 예정이오니 여러분의 안전을 위해 수시로 날개를 점검해 주시기 바랍니다. 즐겁고 편안한 여행되시기 바랍니다. 감사합니다.

어디로 가고 있니?
지금, 어디로 날고 있니?

날개를 펄럭인다.
날개가 펄럭인다.

당신, 지금 당신이 가고자 하는 방향이 아닌 다른 방향으로 비행하고 있다면, 그냥 그리로 가세요. 그 항로를 따라서 그렇게 비행하세요. 그저 단순한 기류현상 혹은 갑작스러운 새떼들의 등장 때문에 잠시 흔들리는 건지도 모르니깐.

하지만 당신, 계속 다른 곳을 바라보는 이유가 자연현상도 주위의 방해도 아닌 당신이 가야 할 방향에 대한 확신이 있고, 당신의 영혼이 자유롭게 날기 위해서라면 항로를 돌리세요. 당신이 자유로울 수 있는 그곳으로.

꿈: 상상만으로 이루어지는 것

20대 후반 무렵, 뒤늦게 외항사 승무원이 되겠다고 회사를 다니며 출근 전과 후 매일 영어 스터디와 인터뷰 준비를 하면서 하루 24시간이 24분 같다는 생각을 할 때가 있었다. 머릿속에 멋진 승무원의 모습을 상상하며 나를 그 이미지에 대입시키며 살아갔다. 그땐 주위 사람들 모두 넌 현직 승무원보다도 더 승무원 같다고 했었다. 더 잘 웃고, 당당하며, 자신감 있는 걸음걸이, 일상생활에서 만나는 모든 사람들 – 새벽길 청소부 아저씨, 버스기사 아저씨, 길거리 꼬마아이들까지 – 에게 인사 나누기는 물론 옷차림, 눈빛 그리고 주변 정리정돈까지 사소한 어떤 것도 그냥 지나치지 않았다. 그땐 그것이, 내겐 당연한 준비과정이었으니깐.

각종 외항사 시험을 보며 고배도 많이 마셨다. 자질이나 능력이 부족한 자신을 알면서도 '내가 왜?'를 수백 번 묻고 또 물으며 나 자신을 자책하기도 수십 번, 하루하루 긴장과 악몽의 연속이었고, 원형 탈모로 구석구석 하얗게 보이는 부분을 가리기 위해 애쓰는 내 자신이 애처로워 보이던 때도 한두 번이 아니었다.

그때 내가 그렇게 그 꿈을 끝까지 잡고 있을 수 있었던 이유는 무엇 때문이었을까?

'유니폼을 입고 세계 각국을 여행하는 나.'

바로 상상 속의 내가 항상 함께 있었기 때문이었다.

그럼 묻자.

'그대 진정으로 무엇을 원하는가!'

'무엇을 상상하는가!'

삶의 낙

일 년에 한번 돌아오는 CRM시간이다. CRM(Customer Resource Management)교육은 승무원과 고객과의 관계는 물론, 승무원간, 기장간 그리고 승무원과 기장간의 원활한 교류를 통해 좀 더 나은 서비스와 기내 안전을 제공하는 게 목적이다. 이 날도 비행기가 아닌 교실 안에서 승무원 과 기장이 한 테이블에 모여 다양한 주제로 역할의 중요성과 '모두가 한 팀' 이라는 의미에 대해 되짚는 토론이 이루어졌다. 그리고 수업이 마무리될 즈 음 어느 부기장님께서 한 말씀 덧붙이셨다.

"제가 입사 직 후, 한동안 턴어라운드 비행(목적지 도착 후 바로 출발하여 돌아오는 비행)이 잦고, 50도를 웃도는 도하의 무더위에 적응하지 못하고 있 을 때가 있었어요. 그때 함께 비행하는 기장님께 저의 바쁜 스케줄과 회사생 활, 도하생활의 어려움에 대해 한참을 불평했었지요. 그런데 기장님께서는 초지일관 묵묵부답하시는 거예요. 그래서 도대체 기장님은 어떻게 이 난관을 극복하시는지 궁금해서 물었더니 기장님께서 한 말씀하시더라고요."

"이 봐, 난 일을 하는 게 아니라 하늘을 날고 있다고."

토론을 마무리하지 못해 옆에 앉은 기장님과 여전히 실랑이를 벌이고 있 던 나는 순간 말씀하시던 부기장님에게로 고개를 돌렸다. 마치 그 이야기 속의 기장님을 보듯 뚫어지게.

같은 날, 집으로 돌아오는 버스 안에서 지난주 라디오 방송분을 다시 듣고 있었다. 시그널 음악이 흐르며 라디오 DJ가 던지는 첫마디.

"여러분은 요즘 낙이 뭔가요?"

음악이 끝나자 게시판에 청취자들이 올린 대답들을 DJ가 소개한다. 그리고 덧붙여 프로그램의 PD에게 질문한다.

"PD님은 요즘 낙이 뭐예요?"

"별거 있나요? 방송이 낙이죠."

순간 창 밖을 바라보던 내 눈은 손에 꼭 쥐고 있던 MP3플레이어를 바라본다. 마치 그 PD의 얼굴이 보이기라도 하듯이 한참을.

묵묵히 자신의 일을 즐기는 사람은,

　　　　　　　종종 내 모든 신경과 세포를 멈추게 하곤 한다.

다시, 시작

　벌써 한국을 떠난 지 두 달이 흘렀고 매일 고3 수험생만큼의 힘들었던 긴 교육 과정도 끝이 났다. 한국에 있을 때와 별 다를 바 없이 아침 일찍 일어나고, 여전히 허전한 빈속을 다 채우지 못해 냉장고 문을 열고 닫기를 반복하는 사람처럼 가슴 속 공허함을 채우려 매일 아침 무언가를 확인하고 다짐하고 고민하며 하루하루를 보낸다. 왜 항상 제때 끼니를 놓치고는 나중에 그 빈속을 다 채우지 못해 냉장고 주위를 얼쩡거리는 건지.

　이곳에서 다시 시작할거야.
　새로운 사람들과 새로운 일을 하면서,
　더 깊이 고민하고 느끼고 배우면서 하루하루 배부르게 말이야.

피크닉

One fine day,

천천히 느린 속도로 자전거 페달을 밟으며,
동네 골목길 카페에 이르면.

익숙한 그와 눈인사를 하고
커피와 샌드위치를 테이크아웃 한 후
다시 달린다.

이곳저곳 각양각색의 구름을 따라.

넓은 천을 깔고 자리에 누워
이어폰을 한쪽씩 나란히 끼고
서로가 예전에 읽었던 책을 바꿔 읽는다.

오월의 상쾌한 공기
파란 하늘과 푸르른 나무.

귓가에 흐르는 음악
책 속의 이미지를 공유한다.

'그걸 보니 뭔가 내 맘속에 떠올랐다.
그렇지만 나는 그 생각이 흘러가도록 놔두었다.
나는 서른일곱 살이다.
나이가 들면 어떤 걸 봐도 뭔가 떠오르게 마련이다.'
– '스밀라의 눈에 대한 감각' 페터 회

2008. 05
Berlin, German

꼬리에 꼬리를 무는 고민

가장 사랑하는 자식에게 여행을 시켜라. ─인도 속담

'어떻게 하면 그곳에 갈 수 있을까?
'어떻게 하면 더 많은 곳에서 더 많은 사람을 사귈 수 있을까?
'어떻게 하면 제한된 경비로 무한대의 경험을 할 수 있을까?

고민하고, 고민하고 또 고민하고,

그러던 어느 날, 나는 세계를 누비는 승무원이 되어 있더라.

생시

기내에서, 남은 프랑스산 최고급 와인으로 손을 씻을 때,

한국-파리 구간 비행기 표를 직원 할인가 20만 원에 구입할 때,

유니폼을 입고 기내용 캐리어를 끌며 공항 면세점에서 쇼핑할 때,

내 키보다 크고 무거운 배낭이 아닌 손바닥만한 핸드백 하나 어깨에 메고

맨해튼의 소호 거리를 걸을 때,

등골이 오싹해질 때가 있다.

설마 이게 꿈은 아니겠지?

우리들의 행복했던 기내 식사 시간

친한 동료들과 뉴욕 비행을 함께 했다.

뉴욕-도하구간
13시간이라는 길고 긴 비행시간 중
3시간의 꿀맛 같던 취침시간을 제외하고는
단 한 번도 앉아 쉬지 못했던 우리는
마지막 식사 서비스를 끝내자마자,
*갤리에 모여 우리들만의 저녁상을 준비한다.

부족한 시간과 좁은 공간에서 서서 급히 먹는 것에 익숙한 우리는
함께 비행한다는 것에 신이 나서인지 긴 시간이 어떻게 흘러간 줄도 모른다.

한 친구는 치킨다리구이, 유부초밥, 라면을 준비해왔고,
또 다른 친구는 갤리에서 뚝딱뚝딱 하더니 버터새우구이를 만들고,
이에 질세라 나도 기내 음식재료로 정체불명의 새로운 메뉴를 개발한다.

비좁은 갤리 안은 오늘따라 설날 제사상처럼 넓고 푸짐한 음식들로 넘쳐난다.

우리끼리 갖는 비행기 안에서의 한 시간 한 시간이 쌓여만 간다.

한 장의 사진 안에

즐거운 순간들이 넘치고 또 넘친다.

2009, 10

Washington, D. C., U.S.A

*갤리(Galley) - 승객의 식사를 준비하는 여객기의 주방.

인스턴트 몸매

"If we are what we eat, then we're fast, cheap, and easy."

비행 중 허기진 배를 채우기 위해 서서 음식을 급히 삼키는 경우가 다반사. 비행을 가는 나라마다 한인 타운을 죄다 뒤져 공수한 음식재료로 만든 멀건 된장국으로 하루 세끼 먹기, 장거리 비행 한번 다녀오면 야채와 우유에서 풍기는 냉장고 가득한 썩은 냄새, 비행 후 집에 오면 즉석 3분 요리로 허기진 배를 채우고 잠들기 십상.

이런저런 핑계로 간편하고 간단한 싸구려 음식만 먹다 보니, 특히 잘 먹어야 할 승무원들의 건강이 고칼로리에 영양가 하나 없는 음식으로 채워져 몸매는 점점 싸구려 인스턴트 햄버거처럼 변해가고 있다.

만날 최고의 음식을 접대하면서 정작 난 인스턴트 음식만 먹고 있다니! 이제는 나에게도 대접하며 살자.

내가 이곳에 있는 이유

승무원이라는 직업을 택한 나의 진짜 이유는 "여행과 자유"이다. 하지만 시간이 흐를수록 그 명분을 잃고 있다. 안이한 삶에 스스로를 방치하고 내가 진정으로 무엇을 원하는지 잊고 살며, 그저 보이는 것들에만 눈이 멀어 불평과 불만만 일삼고 있다.

그렇다면 다시 묻자.
누구를 위해 무엇을 위해 이곳에 왔는가.

나에게는 분명한 이유가 있었다.

표정

비행한 지 3개월째 요하네스버그 비행 때의 일이다. 나를 포함하여 신입 승무원이 유난히 많아서인지, 브리핑에서 각자의 소개가 끝나기 무섭게 기내 안전사항에 관한 남아공 사무장의 압박 질문에 모두가 초긴장 상태였다.

그렇게 계속된 질문공세에도 비즈니스 클래스를 담당하고 있는 어느 한국인 선배는 어찌나 대답을 잘하는지 함께 비행하는 모든 한국인 승무원의 어깨에 갑자기 뽕이 솟아오른다. 그런데 한 가지 왠지 모르게 내 눈에 걸리는 저 모습, 그 동안 한국 선배들과 비행을 할 때면 눈에 걸렸던 공통된 저 모습.

그건 당당함, 자신감, 그리고 차가움.
선배의 당당하고 자신감 넘치는 모습은 정말 부럽고 배우고 싶다. 특히 브리핑 때 어떤 질문이든 줄줄 대답하는 모습과 깐깐한 사무장에게도 지지 않고 딱 부러지게 할 말 다하는 모습은 정말 최고다.

하지만 '차가움'.
이 때문에 초면에 좀처럼 말을 걸기가 쉽지 않다. 같은 한국인과 비행하게 되어 한마디라도 붙여보고 싶은데 그들에게 난 '투명인간' 인가 하는 생각이 들 때도 있다.

혹시 어쩌면 그 '차가움'이라는 거, 한국 사람만 갖고 있는 게 아닐지 모른다는 생각도 들었다. 다른 동물의 공격으로부터 자기 새끼들을 보호하기 위해 둥지 주위에서 긴장감을 늦추지 않고 발톱을 날카롭게 세우며 지키고 서 있는 어미 새는 처음부터 차갑지는 않았을 것. 그동안 수많은 공격으로부터 새끼를 잃고, 때로는 자신의 목숨까지도 위협받아 그렇게 변했을지도 모른다.

다양하고 거대한 수많은 무리에서 아직은 마이너인 한국인, 착하고 조용하며 온순한 성격 때문에 다른 마이너 그룹보다도 더 상처 받을 일이 많기에 어쩌면 나도 시간이 지나면서 그런 어미 새처럼 변할지도 모른다.

시간이 좀 더 지나 후배와 함께 브리핑 실에서 처음 마주칠 때, 그들의 눈에 비춰지는 내 모습은 어떤 모습일지, 타국 승무원이 내 얼굴에서 어떤 표정을 읽을지, 그때 거울 속에 비치는 내가 보는 나는 어떤 표정을 갖고 있을지……

일 년 후에, 오 년 후에, 십 년 후에.
나는 어떤 표정을 하고 브리핑 실에 앉아 있을까?

승객은 내 남편

시간에 쫓길 이유가 전혀 없는데도 성의껏 서비스를 하지 않고 일을 끝내고 나면 찜찜한 마음에 손님에게 굿바이 인사를 건네기가 부끄럽다. 비행마다 누군가 나를 쫓아다니며 평가하고 점수를 매기는 것도 아닌데 도착 후 내리는 손님의 얼굴 표정을 보면 그 날 나의 업무평가 점수가 보이기 때문이다.

사랑하듯 일하면 얼마나 좋을까?

승객은 사랑하는 남편이고, 동료는 사랑하는 자식이고, 기내가 너와 내가 함께 사는 우리 집이라고 생각한다면, 나는 남편과 아이들을 위해 정성 들여 음식을 준비하는 부드러운 아내 같고, 따뜻한 엄마 같은 승무원이 될 수 있을 텐데.

요술을 부리는 아침인사

새벽 6시, 뉴욕 맨해튼의 어느 호텔방, 온 몸의 마디마디가 끊어질 듯 저리다. 지난밤 승객과 짐으로 꽉 채워진 비행기 안에서 일분일초도 앉지 못하고 동해 번쩍 서해 번쩍 이리저리 카트 끄느라 끼니 한번 제대로 챙겨 먹지 못한 내가 애처롭다.

안되겠다 싶어 내 자신에게 선물이라도 해줘야겠다는 생각에 맛집으로 소문난 뉴욕의 한 카페에 들러 치즈케이크와 카푸치노를 샀다. 빵빵! 뉴욕커들의 출근길을 도우려는 노란 택시들은 시간을 잊은 듯 이미 새벽 거리를 가득 메웠다. 공원에 앉아 케이크와 커피를 야금야금 먹으며 나를 달래주고 있던 중 탄탄한 근육질의 몸매를 드러낸 중년의 여자가 내 옆을 지나며 활짝 웃는 얼굴로 아침인사를 건네는 것이 아닌가!

'굿모닝!'

'구…구…ㅅ 모닝 투 유!'

나도 모르게 활짝 웃으며 답례인사를 했다. 그리고 찌뿌드드했던 전신의 마디마디가 갑자기 덩실덩실 춤을 추며 서로에게 아침인사를 건네는 것이다. 순간 '아차!' 싶었다. 진심에서 우러나온 기분 좋은 인사야말로 사람을 춤추게 한다는 것을 몸소 느꼈기 때문이다.

아침인사는 요정이다.

미소 가득한 아침인사는 '샤샤샥' 요술을 부리며 상대에게 즐거운 하루의 시작을 알리고도 모자라 하루라는 일반품목에 기대감이라는 사은품까지 덤으로 준다.

그러고 보니 카타르 항공사의 미국행(휴스턴, 뉴욕, 워싱턴) 출발 시각이
모두 아침이다. 손님들이 탑승할 때 건네는 인사가 '굿에프터눈', '굿이브
닝'이 아닌 '굿모닝'이었다는 걸 새삼 깨닫는다.

이른 아침 비행기 출발시간에 맞추느라 새벽부터 잠을 설쳤을 손님, 방
콕, 필리핀, 오사카와 같은 아시아에서 출발해 이미 7~10시간 이상을 비행
하고 온 환승객, 두세 명의 아이들을 데리고 다니느라 종일 긴장감을 놓지
않았을 아이 부모, 아프가니스탄에서 고된 군 생활을 하다가 오랜만에 휴가
가는 미군, 오래 전 미국에서 자리 잡아 그린카드를 소지한 인도인과 파키
스탄인, 카타르 가스장사를 거두는 비즈니스맨, 아기우유를 못 챙겨서 비행
내내 크리스마스트리처럼 번쩍번쩍 콜벨을 누르며 우유 달라는 아기엄마,
기내 화장실을 처음 사용해보는지라 큰일을 보고도 물 내리는 방법을 모르
는 승객이든 누구든지 간에.

앞으로는 아침인사를, 아침인사니깐, 즐겁게 활짝 핀 미소를 머금고 건네
야겠다. 승무원은 온실 속의 화초처럼 그저 웃기만 하는 존재가 아닌 것을.
비행 후, 종일 나를 고되게 만든 삼백 명의 승객이 원망스러울 때도 있지만,
내 아침인사가 손님의 발걸음을 덩실덩실 춤추게 한다면 그 비행이야말로
내 최고의 비행이 될 테니깐 말이다.

승객 한 분 한 분의 기분이 하늘에서 덩실덩실 춤추며 날 수 있도록.

체면

외항사에서 근무하다 보니 다양한 국적의 동료들과 일하게 된다. 그러다
보니 그 다양함 가운데에 공통점을 발견하기도 한다. 바로 '체면치레'. 여자
로서의 혹은 남자로서의, 승무원으로서의, 생활수준에 대하여, 자신의 평판
에 대하여, 그리고 각자의 국적에 대하여, 그런 지나친 체면치레와 그 행세.

특히, 같은 국적이기에 더 잘 보이는 것인지는 몰라도 우리 한국인의 지
나친 체면치레는 진짜 체면을 부끄럽게 만든다. 한국보다 GDP가 낮은 국가
의 동료나 승객들을 만날 때면 얕잡아보고 깔보며 한국의 경제발전은 모두
자신이 이룬 것이고, 유명한 한국 드라마의 주인공들이 자신의 친척이라도
되는 듯이 이야기하며, 한국 여자의 외모에 대해서도 이러쿵저러쿵 마치 자
신도 미모의 유전자를 소유한 양 대단한 행세를 하곤 한다.

우린 그저 저들과 다를 뿐인데,
우린 그저 저들보다 좀 더 빨리 습득했을 뿐인데,
그들이 틀렸고, 우리는 특별하다고,
거들먹거린다.

그래서 말인데, 제발 그 못난 체면 좀 버리고 다니자.

41

승객이 되어보니

여행가의 표정은 아름답다.

짧은 휴가를 맞아 이집트 카이로로 향하는 비행기를 타기 위해 일찌감치 수속을 마치고 대기실에 앉아 하나 둘씩 도착하는 승객들을 바라본다.

새로운 세계와 새로 만날 사람들에 대한 기대감으로 가득한 승객의 표정은 순진무구하다. 잠들기 직전 갑자기 낮에 만난 그 사람의 유머가 떠올라서 실실 웃어대는 사람처럼 여행가의 입가엔 미소가 끊이지 않고, 이 티켓 한 장이면 영화에 나온 그곳에 내가 갈 수가 있을까 하는 의심 어린 눈빛이 가득하다.

생전 첫 여행길에 오른 사람,
사랑하는 사람을 두고 떠나야만 하는 사람,
친지의 장례식에 참석하기 위해 떠나는 사람,
객지생활을 청산하고 고향으로 돌아가는 사람,

문득, 고객이 기내에서 누르는 콜벨은 그저 부가 서비스일 뿐이라고 생각해왔던 지난날의 내 모습이 부끄러웠다. 따뜻한 미소와 편안함으로 승객에게 다가서는 서비스 마인드는 종이 한 장 차이만큼의 관심으로부터 시작되는 것인데 말이다.

커피와 치즈케이크

"세상에서 가장 좋아하는 음식은?"
"엄마가 해 준 음식!"

이라고 말하고 싶지만,
살며시 얹어놓은 고운 우유거품 가득한 카푸치노와
조금씩 맛보는 한 조각의 치즈케이크는
여전히 내가 세상에서 제일 좋아하는 음식이다.
나중에 아이를 낳으면
아이에겐 흰 우유를 먹어야 한다고 잔소리를 할 거면서도
정작 난 하루가 멀다 하고 커피우유를 사 먹지 않을까 싶다.

이틀간의 *스탠바이로 마닐라에 불려갔다.
여느 때처럼 '안 불리겠지' 하고
전날 밤 친구와 밤새도록 수다를 떨었는데,

어휴! 그럼 그렇지,
이럴 때는 회사에서 나를 잊지 않고 꼭 찾아주시는 거지!
마치 예전 회사생활 때,
평소 정시 출근하다가도 일 년에 한번 있을까 하는 지각하는 날 부장님과
함께 엘리베이터를 타는 그 상황이 온 거다.

부랴부랴 도망간 정신줄 찾고, 준비를 마치고, 비행하러 나선다.
설상가상으로 여유좌석이 단 한 자리도 없이 만석이고,
인원부족으로 비즈니스 석 전담인 내가 갓 입사한 신입사원들과
일반석에서 함께 일하게 되었다.
그뿐이랴, 이전 비행기의 기술적인 문제로,
9시간 걸려 도착한 마닐라에서의 체류시간은 고작 11시간이다.

그런데 기분이 이상하게 좋다.
웃음이 나온다.
11시간의 체류시간 동안 통 잠을 이룰 수 없었는데도,
호텔 로비에 앉아 이 카푸치노와 치즈케이크를 본 순간.
그저 웃음이 나오더라.

이거 참 묘한 맛이다.
내 모든 피로와 슬픔과 고됨을 싹 가시게 하는 맛.

2009, 10

Manila, Philippines

*스탠바이 - 집에서, 혹은 공항에서 비행을 대기하는 것.

순간

"*Please attend the call bell immediately.*"
(기내 콜벨 확인을 바로 해주세요.)
"*It might be an emergency.*"
(응급 상황일지도 모르니깐.)

그런 일이 많지는 않을지도 몰라.
혹시 모르잖아, 사람의 일이라는 게 말이야.
젊은 승객이 맥주 한 병 더 마시겠다고,
영어에 익숙하지 않은 승객이 리모컨 사용법을 몰라서 실수로,
어린 아이들이 장난치느라,
그래서 콜벨을 누른 게 아닐지도 몰라.

어쩌면 말이야 그 승객들 중에는,
두 아이를 안고 있는 엄마가 도움이 필요해서,
한 아이가 갑자기 복통으로,
남편이 순간 호흡이 멈춰서,
그래서 콜벨을 누른 것일지도 몰라.

밀폐된 비행기 안, 승객이 위급한 상황에 처하면 가장 먼저 찾는 사람은
누굴까?
"너, 너야."

콜벨을 누르는 그 순간.
'그 순간'이 지나면 그 사람에게 되돌릴 수 없는 일이 일어날지도 몰라.
그리고 평생에 한번 닥칠지도 모르는 '그 순간'을 위해서 비행마다 우리가
이렇게 긴장하는 건지도.

내게도 그 순간 당신이 절실히 필요했는지 모르겠습니다.

아줌마 수다

가족들이, 친구들이 묻는다.

"사람들과 접촉이 많으니깐 신종플루 조심해야겠다."

사실, 이곳 중동에서의 승무원 생활이 일단 적응되면 사람들과 접촉하는 일이 다른 직업보다 많지 않을 수도 있다. 도하에서 쉬는 날엔 비행 후 모자란 잠을 채우느라 종일 자고, 외출 시마다 콜택시를 불러야 하는 번거로움 때문에 3일 이상 쉬는 날엔 건어물녀가 되어 타인과의 접촉이 없을 때도 다반사다.

출근 시에는 통근버스가 숙소 앞에서 픽업해주고, 비행하고 돌아오면 공항에서 대기 중인 버스가 곧바로 내 숙소로 데려다 주니 같은 동네에 사는 몇몇 동료를 제외하면 타인과 마주칠 일이 없다. 또 승무원생활이 익숙해지니 손님과의 접촉도 최대한 한두 번에 끝낸다. 더구나 비즈니스 클래스 고객은 식사도 안 하고 자겠다고만 하는 경우도 허다하니 접촉은 무슨.

동료 승무원과의 접촉도 그렇다. 반복되는 비행생활 중 비행마다 다른 동료와 일하다 보니 대화의 내용이 좁고 얕은 경우가 많다. 그나마 장거리 미국비행에서는 〈자기소개→신변잡기→심화〉 이렇게 3단계가 있다면, 두 번째 단계로 진입할 수 있는 여유가 가끔 있을 수 있지만 그 이상이 되는 세 번째 단계에 들어설 시간적 · 체력적 여유는 그리 많지 않다. 외국에서 체류할 때도 마찬가지다. 경력이 쌓이면 쌓일수록 매번 같은 곳으로 비행을 하게 되고, 신입 때처럼 이곳저곳 쑤시고 돌아다니는 시간은 점점 줄어드니 말이다.

그래서인지 세상 사람들 일에 더듬이를 쫑긋 세우고 이래라저래라 하는 아줌마가 된 친구들과의 수다가 내겐 너무 매력적이다. 교류가 적은 이곳에서 전화기를 붙들고 베테랑 아기엄마가 된 친구와 수다를 떨면, 전화기를 통해 이 세상 모든 사람들과 교류하는 듯한 착각이 든다. 아이 키우는 재미, 남편회사 동료와 상사의 뒷말, 극성맞은 강남엄마 이야기, 아파트 값 폭등이며 주식이며…… 친구는 방금 방언이라도 터진 사람마냥 최근 유행하는 단어를 써가며 오랜만에 전화한 내 어색함을 무색하게 만든다. 난 어느덧 인기 토크쇼를 열심히 보고 있는 시청자가 되어 나도 모르게 빵빵 터지는 웃음을 참지 못하고, '웬일이니!'를 무한 반복하는 곰플레이어가 된다.

이곳에서 이 직업을 선택하지 않았더라면 절대로 몰랐을 아줌마와의 수다가 오늘 무척이나 그립다.

오랜만에 친구에게 전화해야겠다.
신종플루보다 더 무서운 건 접촉 없는 삶이니깐.

불평불만

당신이 얼마나 외로운지, 얼마나 괴로운지
미쳐버리고 싶은지 미쳐지지 않는지
나한테 토로하지 말라

황인숙 시인의 시, '강'의 시작부분이다. 읽으면서 어찌나 공감이 가던
지 나도 모르게 피 식 웃어버렸다. 비행을 하다 보면 동료와 이런저런 이야
기할 기회가 많다. 그 중엔 회사생활, 도하생활, 날씨, 비행 스케줄, 함께
비행했던 상사나 동료에 대해 불평불만을 늘어놓는 사람들을 심심치 않게
만난다.

그럴 때마다 이 시를 읽어 주고 싶다.
'그것도 아니면, 관두든지!'

존재의 행복

2009년 런던의 9월.

요즘 같은 가을 날씨엔 카페 테라스에 앉아 오가는 사람들을 구경하고 있으면 몸과 마음이 가을 하늘처럼 청결해지는 기분이 든다. 보이는 거 보고, 들리는 거 듣고, 지금 누리고 있는 이 모든 것들에 그저 감사할 따름이다.

언젠가 비즈니스 석 갤리 업무(기내 부엌업무를 말하며, 주 업무는 승객들의 식사를 준비한다. 특히, 비즈니스나 퍼스트 클래스의 갤리 담당자는 20~30분마다 기장과 부기장의 안전을 위해 조종실을 점검한다.)를 담당했던 다카(방글라데시 수도)행 비행 때의 일이다. 도하-다카 약 5시간의 비행 시간 동안 조종실을 확인하며 나이 지긋하신 기장님과 농담도 하고, 조언도 들으며 다양한 화제에 대해 이야기했는데, 마지막에는 돈과 행복지수에 대한 이야기였다.

"기장님은 주로 어디에 돈을 사용하세요?"

"돈? 내 돈은 모두 내 마누라가 쓰는걸!"

"하하하."

외제차, 골프 장비, 명품시계 같은 답을 예상하고 있던 난 기장님의 엉뚱한 대답에 웃고 만다.

"사람의 소비성향을 보면, 그 사람이 무엇에서 행복을 찾는지도 알 수 있잖아요. 그럼 기장님은 어디서 행복을 찾으세요?"

"글쎄 내 행복은, 부인보다도, 자식들보다도, 내가 이렇게 존재하는 자체가 행복이라고 할 수 있는걸."

(존재만으로? 지금, 이 순간, 나의 존재만으로도, 행복의 이유가 된다고?)

이 날도 회사의 배려로 다카에서 가장 화려하다는 궁궐 같은 호텔에 머물렀다. 잠들기 전 멀리 창문을 열고 밖을 보니 저 멀리 현지인들이 보였다. 거대한 호텔 벽을 사이에 두고 내가 있는 곳과 저들이 있는 곳을 바라보며 어쩌면 내 행복의 크기는 내가 있는 이 호텔 방만큼이고 이를 뺀 나머지 세계가 모두 저들의 행복의 크기 같았다.

문득 세상에서 국민들의 행복지수가 가장 높은 국가가 방글라데시라는 기사가 떠올랐다.

생활 속의 라마단

자유롭고 열정적일 줄만 알았던 쿠바인의 모습은 실제로 정 반대일 때가 더 많았다. 정부에서 가족에게 발행해 주는 카드에는 가족 인원수당 정확히 지급되는 쌀, 초콜릿, 감자, 빵…… 등의 목록이 적혀있고 배급을 받으면 그곳에 도장을 찍어 준다. 주식인 쌀은 한국에서 내가 먹던 찰지며 윤기 나는 그런 쌀이 아니다. 쌀에 물을 많이 넣고 지어야지만 익는 반쯤 부스러진 누리끼리한 쌀이다. 집안의 물건도 대부분 최소 50년 이상으로 대대로 내려온 것들이 많다. 냉장고, 화장대, 그릇, 침대, 냄비까지…… 집 자체가 박물관이다. 또 화장실에서는 휴지대용으로 손바닥 만하게 자른 신문지를 사용한다. 쿠바 여행 동안 머물렀던 의사 할아버지 '라자로' 의 사는 모습을 지켜보니 한편으로는 다른 서민의 삶은 오죽할까 하는 생각이 든다.

그래서인지, 쿠바여행 이후에는 물건을 잘 못 버리겠다. 유행 지난 가방은 물론 오래된 옷, 3년이 지난 굽 나간 구두까지도. 이들을 생각하니 차마버릴 수가 없다.

휴가 내내 내 머릿속을 떠나지 않았던 풍족함 이상의 낭비투성이였던 그동안의 나의 삶에서 *라마단의 진실한 의미를 중동의 카타르가 아닌 살사의 나라 쿠바에서 깨닫게 되었다.

*라마단(Ramadan) 이슬람력의 12개의 달 중에 '뜨거운 달' 이라는 의미를 가진 9번째 달을 말하며, 이 기간에는 일출에서 일몰까지 의무적으로 금식하고 매일 5번의 기도를 드린다. 이슬람교도들은 이를 통해서 자신의 죄를 용서받고, 가난한 사람들과 함께 삶을 나눈다고 믿는다.

과거의 나

서른을 맞으니 '20대의 나'는 어떤 친구였는지 궁금했다.
그동안 꾸준히 써 왔던 일기장과,
친구들과 오갔던 편지들과,
메일함에 모아둔 이메일과,
미니홈피에 올린 글과 사진,
그리고 사진첩에 꽂아둔 사진들을 뒤적인다.

열정이 많은 친구였구나. 미니홈피 속 '과거의 나'는 TV속 연예인처럼
마냥 웃고, 생기발랄하고, 화려한 일상으로 하루하루를 가득 채우고 있었
다. 마우스를 찍찍 끌며 뚫어져라 그 모습을 구경하는 '지금의 나'는 한없이
초라하기만 하다.

객지생활 4년. 중동이라는 보수적인 문화 탓인지, 제한된 인간관계 탓인
지, 오래된 떠돌이 비행생활에서 오는 매너리즘 탓인지, 서른을 앞둔 불투
명한 미래에 대한 불안감 탓인지, '지금의 나'는 '과거의 나'를 마냥 부러워
하고 있었다.

과거의 나는 지금의 나를 부러워할까?

*아바야(Abaya) - 카타르와 같은 아라비아 반도의 많은 나라에서 여성들이 입는 이슬람교 전통의상인 히잡(hijab)의 전통적인 종류이다. 대개 검은색이며, 어깨나 머리로부터 낙낙하게 주름 잡히는 커다란 사각형 형태이거나, 소매가 긴 기다란 카프탄 형태이다. 얼굴·발·손을 제외한 온몸을 가리며, 눈 이외에 얼굴을 모두 가리는 베일인 니캅(niqab)과 함께 입기도 하며, 일부 여성들은 손이 덮이도록 기다란 검은색 장갑도 낀다.

*디시다샤(Dishdasha) - 아랍의 남성 전통의상으로 흰색의 긴 셔츠를 말하며, 흰색의 두건도 쓴다.

무슬림 국가에서 연애하기

비행이 없던 휴일 아침, 일찍 카페를 찾아 책을 읽으려던 찰라, 내 옆자리로 짙은 스모키 화장에 *아바야를 입은 한 여자와 한번만 스쳐도 손이 베일 정도로 각 잡힌 *디시다샤를 입은 남자가 구석 자리에 앉았다. 그리고 곧 서로에게 속삭이는 듯 달콤한 아랍어가 오고 가더니 신음소리가 들리는 것이 아닌가! 고개를 돌려 내가 상상하는 그 장면이 맞는지 눈으로 직접 확인하고 싶었지만 차마 그럴 수가 없었다. 그저 혼자 머릿속에 상상의 나래를 펼치며 바삐 애로 영화를 제작하고만 있을 뿐.

청춘 남녀가 연애하기에 제약이 많은 이곳.
거리에서 연인이 안거나 뽀뽀라도 할 터이면, 경찰이 와서 이 여자가 네 부인인지 결혼증명서를 보여 달라고 검문하는 이 나라에서 뜨거운 피가 철철 끓는 젊은 나이에 이렇게라도 연애를 해 보겠다고 애쓰는 모습이 보기 안쓰럽기도 하였다.

마음껏 표현하며, 안고, 손잡을 수 있는 한국이라는 나라에서 태어난 게 얼마나 감사한지.

비행가는 마음

  새벽녘, 화장을 하고, 유니폼을 입고, 브리핑 준비를 하고,
  통근 버스를 기다릴 때면 기분이 참 묘해. 하루 이틀 비행하는 것도 아닌
데 말이야. 며칠 후면 돌아오는데도 오랫동안 떠날 사람마냥 다시 한 번 뒤
를 돌아보게 되거든.

  내 방, 내 책상, 내 화장대, 내 서재…….

  그렇게 다시 한 번 바라 봐.

  그리고 인사해.

  잘 있어라.

  잘 있어라.

Cafe

언제부터인가,

카페가 우리 집의 거실보다도 더 거실답게 느껴졌다.

전 세계 어디로 비행을 가든지 카페만 찾으면, 고향집에 온 듯 편안한 기분이 든다.

카페 그리고 종이와 펜.

이것만 있으면 세계가 내 집이 된다.

워싱턴 포스트

익숙해진

Reston, Washington DC.

이곳에서의 스무 시간이라는 나의 시간 동안,

10시간은 침대에서,

2시간은 욕조에서,

남은 8시간은 동네를 어슬렁거린다.

5:30am

호텔에서 나와

6:00am

일찍 문을 여는 카페에 앉아

7:00

독서삼매경에 빠져 있으면

8:00

어느새 아침이 온다.

오늘 날씨, 약간 쌀쌀

2008.11

Washington DC, U.S.A.

2부

섬의 감성

무인도

입사 당시 회사에서 제공해 준 숙소의 건물 계약이 만료되어 한 건물에 살았던 동기들이 뿔뿔이 흩어졌다. 3년이라는 시간을 같은 건물에 살면서 언제나 파자마차림으로 앞집, 옆집, 아랫집, 윗집을 오가며 함께 밥 먹고, 한국 드라마 보면서 울고 짜고, 얼굴에 마스크 팩 덕지덕지 붙이고 첫 사랑을 운운하던 동기들. 이젠 모두 흩어져 다른 동네 다른 건물에서 살겠구나 생각하니 객지에 나온 것도 모자라 이제 홀로 무인도로 이사하는 기분이다. 객지 생활 삼 년에 골이 빈다는 말도 있는데 난 이미 골 빈지 오래, 이제는 그 어떤 껍데기마저도 썩어 없어지는 건 아닐까 생각이 든다. 새로 이사한 방에 앉아 한참 동안 거울 속 내 모습을 바라본다.

비행마다 새로운 승객을 접하고, 새로운 동료와 일하며, 새로운 도시를 여행한다고 기뻐했던 때도 잠시, 도하의 숙소로 돌아오는 버스 안에서의 내 모습은 지구 반대편 어딘가에 표정을 잃고 온 사람처럼 '진짜 나'는 없고 껍데기만 있다. 비행하며 힘든 일이 있었던 것도, 동료와 다툰 것도, 새로운 도시에 가서 고생한 것도 아닌데 도하의 숙소로 돌아올 때면 모든 것이 힘겨울 때가 있다. 그저 나를 아는 누군가 문을 열며 '수고했어!'라고 말 한마디 건네면 좋겠다는 바람만이 가득할 뿐이다.

텅 빈 방안의 밀폐된 공기가 뼛속까지 스며들어 몸이 축 늘어진다.
거실 벽에 기대어 본다.

객지에서 홀로 아프기

왜 새 신을 신고 산책을 한 건지,
왜 갑자기 다음날 비행 스케줄이 바뀐 건지,
왜 그 많은 비행 중에 최장거리 비행인 워싱턴이었는지,

비행을 가고 오는 동안, 내 신경은 온통 '내 뒤꿈치'. 벌겋게 부어올라 피와 고름이 가득한 상처 때문에 신발이 맞지가 않는다. 결국 몇 겹의 밴드를 붙이고도 모자라 기내구두를 구겨 신으며, 내가 여기서 쓰러지면 어떻게 될까? 하는 생각만 수십 번 되뇐다.

불쌍한 내 발.
주인 잘못 만난 내 발.

도하 집으로 돌아왔다. 신경성으로 자고 일어나니 뒷목이 뻐근하고 현기증에 머리가 깨질 듯하다. 아파도 약을 먹지 않는 몹쓸 습관 때문에 버티고 버티다가 결국 약을 꺼내 먹었다. 다행인지 불행인지 룸메이트도 비행가고 없고 집안이 조용하다. 라디오를 켰다. DJ의 목소리가 평소보다 더 감미롭게 들린다. 정신이 멍하니 그의 목소리가 그저 '도' 하며 귓전에서 울릴 뿐 무슨 얘기를 하는지, 누구와 얘길 하는지 알 수가 없다.

그래도 참 다행이다.
기대하지도, 바라지도 않는 항상 그곳에 있는 존재가 내게도 있어서.
어느덧 눈이 스르르 감긴다.

엄마 생각

갤리(기내 부엌) 업무를 맡아 파리 비행을 가는 길은 멀고도 험했다. 큰 비행기 안을 빼곡히 채운 300명 승객의 식사와 음료 준비를 하는 건, 처음으로 갤리업무를 맡은 신입 승무원의 신고식치고는 분명히 힘에 겨운 일이었다. 그래도 맛있게 식사하는 승객의 모습을 바라보니 내심 뿌듯하다.

가을의 끝자락에 걸터앉은 파리의 차가운 바람은, "감히 네가 셔츠 하나만 달랑 입고 파리시내로 나와?" 라고 비아냥거리며 매섭게 뼛속까지 자극했다. 몸이 힘드니 형형색색의 파리 시내는 무채색이 되어 활기를 잃은 듯해 보이고 괜스레 고향에 있는 엄마생각이 끊이질 않는다.

엄마 말 들을 걸 그랬다.

곧 비 올 거라고 우산 가지고 나가라고 하셨는데 귀찮다고 그냥 나왔는데, 지하철에서 내려 보니 어느새 장대 같은 비가 날 약 올리듯 쏴쏴 하며 쏟아지던 날.

밤에 추워지니 두꺼운 옷 입으라고 하셨는데, 어울리지도 않으면서 멋 좀 내보겠다고 얇은 옷만 입고 나왔다가 집에 들어가는 길 눈물 쏙 빼는 눈보라가 마구 치던 날.

다리 아프다고 굽 낮은 구두 신고 나가라고 하셨는데 또 멋 좀 내보겠다고 7cm 하이힐을 신고 나갔더니, 갑자기 친구가 오늘이 백화점 마지막 세일기간이라며 서울에 있는 백화점이란 곳은 죄다 끌고 다녔던 날.

오늘은 꼭 그런 날 같았다.

그렇게 엄마생각. 또 엄마생각, 또 엄마생각…….

2006, 10
Paris, France

라디오천국

'띠디디디' '띠디디디' '띠디디디'

알람소리가 커진다.

6p.m. 카타르 도하
서둘러 컴퓨터를 켰다.

11a.m. 뉴욕
무선인터넷이 되는 카페를 찾아 자리를 잡고 컴퓨터를 켰다.

4p.m. 파리
호텔 안의 승무원 라운지에서 인터넷 케이블을 넷북에 연결한다.

11p.m. 베이징
알람이 울린다. 아이폰의 Wi-Fi 설정을 변경한다.

한국시간이 자정을 가리킨다.
서둘러 인터넷에 접속한다.
음악과 함께 DJ의 목소리가 흐른다.
"반갑습니다."

언제 어디서든 한결 같이 내 빈 시공간을 채워준 건,
라디오,
라디오천국.

감사

일을 즐길 수 있게 해 주신 것에 감사.
부족하지 않게 살게 해 주신 것에 감사.
건강한 육체와 정신을 주신 것에 감사.
외로움을 즐길 줄 아는 능력을 주신 것에 감사.
사람에게 상처주지 않도록 일깨워 주신 것에 감사.
소중한 친구의 존재에 감사.
모든 자연을, 우주를 나눠주신 것에 감사.
가족의 소중함을 일깨워 주신 것에 감사.

그리고
당신에게도 감사합니다.

홀로서기

몰디브나 발리의 해변에서 몸을 흠뻑 적시고 오더라도,
숙소에만 도착하면 알코올 날아가듯 가슴 마를 날이 잦다.

사막 한 가운데 홀로 남겨진다는 것이.
견뎌야 한다는 것이.

나에게 위로

하루 이틀 겪는 날씨도 아닌데 오늘따라 카타르의 더위가 숨을 턱 하니 막는다. 알 수 없는, 아니 이젠 알고 싶지도 않은 이유 때문에 내 일상이라는 놈이 나에게 미안하다고 속삭인다.

내가 왜 하필 이곳까지 왔을까.
무엇 때문에 왔을까.

과거는 잊었다.
지금의 내 모습, 내 기분, 내 처지만이 중요하게 다가오고 내 존재감마저 흔들린다.

모든 게 도하의 무더위 탓이라고 책임을 돌릴 뿐.

어리석음

버스 한 대면 꽉 차는

좁은 산골 골목을 힘겹게 운전하는 버스 기사를 바라본다.

어느새 도착해 버렸다.

버스에서 내리려니 숨이 가쁘다.

Cabo da Roca,

유럽의 최서단.

누구는 신에게 의지한다.

누구는 하느님에게 의지하고,

부처님 그리고 알라 또는 이성친구나 동성친구에게.

가족에게도

애완견에게도

혹은 산, 바다, 하늘 자연에게도

혹은 자기 자신에게만 의지하는 누군가도 있다.

그리고 나는.

사람에게 의지한다.

어리석은 나는

당장 내 옆에 있는 사람과

부족한 나 자신에게만 의지한다.

2008. 09.

Portugal

사람들은 즐겁다

거실 벽에 기대어 앉아 오랜만에 한국에 있는 친구에게 전화를 했다. 벨이 울리기가 무섭게 시끄러운 음악소리와 사람들의 음성이 가득하고 그 속에서 기운찬 친구의 목소리가 들린다.

"비행 다녀왔구나, 잘 지냈어?"

"하하하."

나도 모르게 웃는다. 목청 높여.

텅 빈 가슴 보이기라도 할까 큰 숨 불어넣고 빵빵해진 풍선 터트리듯. '푸하하하' 하고 웃어 보인다. 친구가 무슨 말을 하든지 간에 난 그저 '빵', '빵' 웃음만 터트린다.

전화를 끊었다.

부엌에서 들려오는 '웅' 하는 냉장고 소리,

거실 창문의 커튼 사이로 서서히 해가 저무는 어둠,

벽에 기대어 전화기 액정 화면만 바라보는 내 모습.

왠지 영화 속에서 봤을 법한 장면인데 그 속에 내가 있다.

콜벨

"딩동."

저녁식사 서비스로 바쁜 와중에도 기내 콜벨 소리가 들리면 서둘러 승객에게 다가간다.

"손님 무엇을 도와드릴까요?"

"녹차주세요."

서비스가 끝나고 잠시 앉아 쉴 때도, "딩동" 소리가 들리면 자동적으로 몸을 일으켜서 손님에게로 간다.

"손님, 무엇을 도와드릴까요?"

"머리가 아픈데 약 좀 주세요."

내게도 기내의 콜벨처럼

누르기만 하면 바로 내게 달려오는 누군가가 있으면 하는 상상,

내게 얼굴을 돌리고 내 눈을 바라보며 말하겠지.

"무엇을 도와줄까?"

참말로, 진짜로, 정말로 좋겠다.

감옥

발음해보자.
창살, 철창살, 쇠철창살.

발음해보자.
앞집 창살 쌍창살, 뒷집 창살 쌍창살, 앞집 창살 뒷집 창살 모두 쌍창살.

발음해보자.
경찰청 철창살이 쇠철창살이냐 철철창살이냐.
경찰청 창살은 쇠창살이고 검찰청 창살은 철창살이다.
경찰청 창살은 외철창살이고 검찰청 창살은 쌍철창살이다.

발음해보자.
창살 없는 감옥이 이곳이던가. 창살 없는 감옥이 이곳이었던가.
창살 없는 감옥이 나이던가. 창살 없는 감옥이 너이었던가.

몰디브에서

그저 고마웠다고만 말하기엔 죄를 짓는 듯한 기분.
　이제 더 이상 나를 알아봐 주지 않더라도 나를 이렇게 큰 사람으로 만들
어준 어딘가에 있을 당신에게 행복을 빈다.

　구름 한 점 없는 몰디브의 푸른 하늘보다,
　천금 같은 추억이 가득한 서울 하늘이 그립다.

　그대 안녕.

타인이 되어

너에게 묻는다.
자꾸 너에게 묻는다.
이제는 아무 상관없는 어딘가에 있을 너에게.

비행 후 통근버스에 고단한 몸을 싣고 창 밖을 볼 때마다,
반대편 정지한 차의 전조등에서 나오는 흩어진 불빛을 볼 때마다,
사막 한가운데에서 쏟아질 듯한 별을 바라볼 때마다,
가로등에 불이 하나둘 씩 켜지는 해질 무렵 거리를 걷고 있는 내 모습을
발견할 때마다.

당신은 대답한다.
라디오 DJ의 목소리를 빌려서,
이어폰에서 흐르는 따뜻한 노랫말로,
꿈속에서는 볼 수가 있다.
이대로 깨어나지 않았으면.

지중해 향기

세계지도를 펼쳐보면 북아프리카의 맨 꼭대기,
세로로 살짝 누워있고,
지중해연안이라 왠지 상큼한 향기가 날 것 같은 나라.

배고프면 먹고,
졸리면 자고,
비행이 있으면 가는.
한없이 게을러지고 싶은 요즘 같은 날,

상큼한 튀니스의 바다 향이
스멀스멀 내 호텔방 침대 이불 속으로 들어오더니
깜박하고 너무 익힌 인절미같이 푹 퍼져 있던 나를
가볍게 일으켜 세운다.

나도 모르는 사이,
온몸에 잔뜩 묻어있는 인절미 가루를 털고 일어나
운동화 끈을 맨다.

'킁킁'
지중해 향기를 좇아
걷고 또 걸었다.
생각하고 또 생각했다.
여기서 보이는 저 끝까지.

이해하려 할수록
실타래는 더 커지고 더 엉키고.

이젠
나도 닻을 내리고 머물고만 싶다.
어떤 파도에도 꿈쩍하지 않는 그곳에.

2009.10
Tunis, Tunisia

우리는 변한다

1월의 제네바 비행.

고된 비행을 마치고 호텔방에 들어와 잠시 눈을 붙이고 출출한 배를 채우기 위해 호텔 주위를 서성였다. 관광지가 아닌 여느 유럽의 도시처럼 해가 질 무렵의 거리엔 아무도 없었다. 난 그저 인적 드문 거리를 걷고 또 걸었다.

흥얼거렸다. 태어나서 한번 불러본 적도, 전곡을 제대로 들어본 적도 없는 산울림의 '회상' 달빛이 숨어 흐느낀다.

마음이 멀어질 수 있다는 것을 조금이라도 인정할 수 있었더라면.
사람의 마음 다 가질 수 없다는 이치를 조금이라도 받아드릴 수 있었더라면.

사람은 변한다. 오래된 식빵에 곰팡이가 생기고, 물을 갈지 않은 어항에 이끼가 끼듯, 사람이 변하는 것 또한 자연스러운 현상이라고 수만 번을 공감하고 수천 번을 말해왔건만, 곰팡이가 채 피기도 전이고 어항 속 물이 탁해지기 전인데 과욕을 부린 자존심은 끈을 놓으라고만 했다.

이제는 믿는다. 세상의 이치는 너무도 공평하게 모든 사람에게 적용된다
는 것을. 세상이 미쳐 돌아가도, 모두가 아니라고 해도, 일억 천금을 준다
해도 절대 변하지 않는다는 것들은 허공으로 조용히 사라진다는 것을.

이제는 인정한다. 사람이 사람을 이해해야 한다는 걸. 그리고 변하지 않
으려고 노력하는 지금 이 순간 안에 있는 사람에게 감사하기로.

날아라

모스크바, 오사카, 테헤란, 뉴델리, 로마……

날았다. 쉬지 않고 계속 날아야만 했다. 몸이 열 개라면 하루도 쉬지 않고 비행만 하고 싶었다. 멀어져 가는 태양, 따라가 잡고만 싶었다. 난기류도, 추위도, 눈보라도, 안개도 상관없었다.

이곳에서 할 수 있는 단 한 가지,
더 멀어지기 전에 그것을 쫓아 나는 수밖에.

행복하기 위한 이별

불 꺼진 거실 구석, 기다란 8인용 식탁에 앉았다. 아무도 없는 집에서 굳이 이어폰을 끼고 라디오를 듣는다. 모니터 불빛으로 환해진 주위엔 그림자와 무거운 공기뿐.

카타르 시간 오후 6시. 인터넷으로 오늘 첫 방송하는 라디오 프로그램에 접속했다. 신기하게 어제까지도 존재하지 않던 이 DJ라는 사람은 이 순간부터 내 시간과 공간을 가득 채우며 말을 걸기 시작했다. 그리고 나를 웃게한다.

내가 웃었다. 순간 모든 것들이 얼음 상태로 변했다. 모니터의 불빛은 내 환한 얼굴을 더 환하게 비추고, 창 밖 너머 저녁노을 지는 어둑해진 오후의 풍경은 그동안 꾹 누르고 있던 영혼을 달래준다.

"헤어지자."

거리에서 파는 만 원짜리 구두를 살 때도, 동네 슈퍼에서 요구르트를 살 때도, 약속장소에 버스를 탈지 지하철을 탈지 결정할 때도 수십 번 고민하는 우유부단한 성격이 자판기 커피를 고르는 순간처럼, 엑셀을 밟는 순간처럼, 찰나 결정을 내렸다.

환각

'땡' 하며 엘리베이터 문 열릴 때, 자주 갔던 카페 자동문이 스르르 열릴 때, 쇼핑몰 안으로 들어오는 사람들의 발소리가 들릴 때, 창 밖 너머 자가용 문이 '탁' 하며 닫치는 소리 들릴 때, 샤워 중 전화벨소리에 서둘러 나가 부재중 전화 한 통 없는 액정화면을 볼 때, 그리고 열어둔 내 방문 사이로 까만 그림자 그려질 것 같을 때.

어깨 위에 내려앉은 정적은 버겁기만 하다. 갈아도갈아도 거실 불은 어찌나 그리 빨리 닳는지, '지지' 하며 꺼져가는 형광등 소리는 거실 가득히 먹먹한 기운을 불어 넣는다.

'혹시 애가 새벽에 문 열고 들어오지 않을까 해서 문을 못 잠그겠더라'
하시던 어머님 말씀이 떠올랐다.

윙윙

한참을 멍하니 전화기만 바라보았다. 물 빠진 독에 물 붓듯 채워도채워도 허기진 가슴은 도대체 어디가 어떻게 구멍이 났길래.

한참을 멍하니 전화기만 바라보았다. 애써 말하려 하지만, 머릿속엔 비행기 엔진 돌아가는 소리만 가득하다.

한참을 멍하니 전화기만 바라보았다.

부재중 전화

파리비행을 마치고 호텔로 돌아가는 길, 호텔 버스에 앉기가 무섭게 휴대폰을 켠다. 하나, 둘, 셋, 숫자를 센다. 메시지가 왔으면 하는 기대감으로. 넷, 다섯, 여섯, 일곱, 혹시나 하는 마음에 천천히 끝을 길게 끌며 열까지 세어본다. 여덟, 아홉, 열······.

진동이 울린다. 메시지가 왔다. 부재중 통화도 있다. 안도의 한숨을 쉬어본다. 군대 간 군인들이 소포 받는 기분이 이럴까 싶다. 소포를 기다리고, 소포를 받고도 누가 보냈는지 확인하기까지 친구들의 얼굴을 떠올리며 환희 속에서 헤엄친다.

휴가 때 모리셔스를 다녀왔다는 한국에 있는 친구의 문자,
방콕에서 한국 음식을 잘 하는 식당을 찾아냈다는 동료의 문자,
통장 잔고를 알리는 은행에서 보낸 문자,
그리고 한 통의 부재중 전화.
누구 번호인지 알 수 없는 낯익은 숫자의 조합들. 누굴까? 야속한 기대감은 호텔로 향하는 내내 나를 안절부절 못하게 만들고 옆에 앉은 동료의 영어가 희귀한 언어로 들린다.

온종일, 몇 주간을, 몇 달 동안을 이 한 통의 부재중 전화 때문에 과거의 좋고 싫던 기억들이 수면에 떠오른다. 도대체 기억이라는 건, 어느 날 문득 예고 없이 찾아와 끝없이 회상하게 만든다. 이놈의 전화 한 통.

인삼뿌리

엄마가 보내준 인삼뿌리가 허한 속을 채워줄 수 있을까.

3부

둘의 감성

아웃포커싱

지구는 우리를 중심으로 돌고,
모든 시선은 우리에게 집중된다.

충돌

사람과 사람이 만난다는 건,
완전히 다른 두 우주가 충돌하는 것.

억지로도 서로를 끼워 맞출 수가 없다.
그저 서로를 통해 그동안 알 수 없었고, 볼 수 없었던,
오직 그 사람을 통해서만 알 수 있는 다른 세상을 경험해본다.

우주 저편에선 산소 없이도 살 수 있다는 것도,
우주 저편에선 밥을 먹지 않아도 배가 부를 수 있다는 것도,
우주 저편에선 그동안 생각했던 최고의 아름다움이 한낱 보잘것없는 허
상일 뿐이라는 것도,
우주 저편에선 인간의 원죄보다도 더 사악할 수 있는 치졸함이 무수하게
널려 있다는 것도,
우주 저편에선 사람이 사람에게 주는 상처만큼 악한 것이 없고, 그 상처
는 전염병처럼 돌고 돌아 온 세상을 감염시킬 수 있다는 것도,

다른 우주와 충돌하지 않았더라면 몰랐을 것들.

시소

우리는 사랑을 한다.
내 사랑의 무게 10kg
네 사랑의 무게 8kg

우리는 사랑을 한다.
내 사랑의 무게 9kg
네 사랑의 무게 11kg

우리는 사랑을 한다
내 사랑의 무게 11kg
네 사랑의 무게 9kg

오르락내리락
우리는 사랑을 한다.

관계

앞서거니 뒤서거니 조화가 필요하다.

그가 달리고 싶을 때 그녀는 천천히 속도를 줄여 그가 내딛는 발걸음이
가벼워지게 열심히 길을 닦아주고, 그녀가 날고 싶을 때 그는 그녀의 날개
를 깨끗하게 손질해 그녀가 훨훨 날 수 있게 해주며, 날다 지쳐 돌아오면 쉴
수 있는 따뜻한 보금자리를 만들어 준다.

그와 그녀의 조화

그녀가 가는 길의 '끝' 과 그가 가는 길의 '시작' 이라는 접점을 잇고 또 이
으며 서로를 믿고 의지하며 평생을 뒤에서 밀어주고 앞에서 끌어주며 희생
이 아닌 그저 원하는 마음. 이 자연스런 마음이 합해져 관계의 접선이 끊기
지 않게 평생 이어나가길.

완벽의 기분

모든 것이 너무도 완벽해서 눈물이 쏟아질 것 같았다.
돌아보는 풍경 속, 눈에 보이는 모든 것이 사랑스럽다.

지금. 여기서. 눈뜨기를. 정말. 잘했다.

카페중의 카페

연인이 함께 앉아
사랑을 속삭이는

멋진 카페를
그동안 찾아 헤맸었는데.

이곳이 아니라면
어디에 로맨스가 또 있을까.

2006. 10

Paris, France

사랑의 모습

심장이 터져버릴 것 같고,
죽일 듯 가슴을 누르고,
이러지도 저러지도 마음을 모르고,
그저 어쩔 수 없는.

고교 시절 일기장엔 '그런 사랑' 한번 해보고 싶다는 내용으로 가득 채운 적이 있다.

진짜 사랑은 꼭 그 한 모습인 줄만 알았다.

손을 잡는다

친구와 점심을 먹고 지하철역으로 걸어가는데, 노부부가 두 손을 꼭 잡고 저만치에서 걸어온다.

일요일 오후.
여자의 핸드백을 든 남자와 그의 반대쪽 손을 꼭 잡은 여자.
이 노부부는 어디로 가는 걸까? 교회 다녀오는 길일까? 점심 먹고 오는 길일까? 수수하지만 곱고 단정하게 차려 입고, 다정하게 두 손 꼭 잡고, 똑같이 발 맞춰 걷는 모습. 넋을 잃고 한참 동안 바라보았다.

'노부부가 손을 잡고 함께 걷는다는 것'은 특별하다.
걷는다는 건, 같은 곳을 함께 바라보고 있다는 것이다.
함께 걷는다는 건, 발걸음을 서로에게 맞춘다는 것이다. 상대방이 걷다 지치면 내 걸음을 늦추거나 앞에서 끌어주거나 혹은 잠시 쉬기도 한다. 서로를 위한 배려인 거다.
손을 잡는다는 건, 손을 통해서 서로의 온기가 마음으로 전해진다는 것이다. 내 가슴이 말하는 소리가 상대에게 전해진다.
손을 잡고 걷는다는 건, 무엇인가를 건네주기 위해서도 아니고, 상대를 보호하기 위해서도 아닌, 그냥 그런 '걷는' 일상 속에서도 내 가슴이 말하는 소리를 상대에게 전해주는 것이다.

노부부가 손을 잡고 함께 걷는다는 건,
'여전히 나는 당신을 사랑하며 존경합니다' 라는 무언의 표현이다.

1년이 지나도, 10년이 지나도, 30년이 지나도,
나는 당신을 여전히 사랑하며 존중하겠습니다.

뮌헨, 뮤닉, Munich

독일은 '뚜렷' 하다.

언어도, 사람도, 자연도, 공항도, 카페도,

카페 안 아이들의 표정마저도.

가을 또한 '뚜렷' 하다.

열두 가지 색 물감이 아닌, 백 가지 색 물감이 들어있는 커다란 물감 통속엔

'독일 가을 색' 이 있을 것 같다.

2010년 신학기를 공략하여 독일 유명한 어린이 문구회사는

야심차게 새로운 물감 색을 개발하였다.

'오묘한 독일의 가을 색'

2011년 3월 출시예정이며

도심에 사는 아이들의 건조한 정서를 치유하는데

효과적이라고 미술심리치료사들은 말한다.

2009.11

Munich, Germany

나쁜 남자

나쁜 남자가 좋다고?
가장 필요로 할 때 곁에 없고,
항상 애태우게 하고,
최소한의 예의조차 없는데,

나쁜 남자가 좋다고?

모르고 하는 소리겠지.

육교

    집 근처에 한옥마을과 남산을 잇는 육교가 생긴 후, 종종 육교에 올라 주위 풍경을 바라본다.

    터널을 등지고 서면 차들이 내게 다가온다.
    터널을 마주보고 서면 차들은 '쉥' 하니 서둘러 내게서 멀어진다.
    누군가는 내게 다가오고, 누군가는 내게서 멀어지듯.
    참 알쏭달쏭하다.

    지금 당신은 내게 다가오는 겁니까?

    내게서 멀어지는 겁니까?

새 신

휴가 기간에 예쁜 플랫 슈즈를 두 켤레나 샀다. 도하 집에 돌아와 신발장을 열어보니 새 구두를 보관할 공간이 없다. '이번 기회에 신발장 정리나 해볼까' 하는 마음에 모든 구두를 꺼냈다. 여름용 샌들은 상자 안에 넣어 두고 겨울에 신을 부츠는 신발장 바깥쪽에 차례로 정리했다. 그런데도 신발장 안에 새 신을 위한 자리가 없다.

갑자기 '앗! 저 구두다' 하는 생각이 든다. 지난 5년간 내 발을 편하게 해준 깔끔한 디자인의 갈색 샌들이 눈에 띄었다. 그동안 수 차례 굽과 밑창을 갈면서 구두수선가게 아저씨가 "오래 신었네요. 그만 신어도 될 것 같은데, 이젠 밑창 값도 안 나오겠어요." 말씀 하셔도 왠지 모를 애착 때문에 버릴 수 없었던 내 발에 '꼭 맞는' 그런 샌들이었다. 어떤 옷에나 잘 어울리고, 5cm 하이힐이었지만 오래 걸어도 발이 피로하지 않아 승무원이 되어서도 전 세계 어디든 데리고 다녔고, 감각 있는 친구들은 하나같이 탐냈던 신발.

그런데 오늘 이상하게 '더 이상 못 신겠다' 라는 생각이 들었다. 3초였다. 잠시 고민한 게. 그리고 바로 휴지통에 넣어버렸다. 그리고 그 자리에 새 신을 두었다. 마침 집에 놀러 온 친구가 새 신발을 보고 '신발 예쁘다' 라고 말한다. 피식 웃었다. '응. 예쁘지?' .

사람도 그럴까.
내게 꼭 맞았던 그 사람이 '남' 이 되고, 내게 꼭 맞을지 모를 새 사람이 '남' 이 되어 내 마음을 차지하는 거. 3초의 순간이 몇 년의 세월을 이길 수 있을까?

후련한 마음이 드니 새 신발이 든 신발장도 새것처럼 느껴진다.

숨 쉬는 말

"나는 네가…… 그래서 나는…… 근데 너는……."

"내 말 듣고 있니?"

"응……."

듣고 있다. 너무 잘 들린다. 입에서 나오는 단어 하나하나 눈을 감고도 메모지에 다시 써 내려갈 수 있을 정도로. 약간 상기된 얼굴빛, 어느새 올라가 있을 눈 꼬리, 애써 진정시키려는 목소리마저도. 욕실 안 가득한 김이 무색하게도 김 서린 거울에 그 모습 하나하나 그릴 수 있을 만큼. 다시 욕조에 물을 받았다.

"보. 고. 싶. 어."

"……."

"내 말? 듣고 있니?"

"……."

듣고 있다. 너무 잘 들린다. 숨이 막힌다. 지금 이 순간 그 어떤 말보다도 진심이 담긴 말이라는 거. 심장소리다. 전화기를 타고 차 안에 가득할 정도로. 순간, 빨간 신호가 녹색으로 바뀌었다.

어떤 (공간)은,

말에 숨을 불어 넣어,

가슴에 종을 친다.

커튼

2년도 넘게 썼던 커튼을 빨았더니 하얗다. 오랜만에 목욕탕에서 때를 벗기고 깨끗한 베이비로션을 바른 듯 상쾌하고 산뜻한 기분이 든다.

아마 이렇게 잊어버리는가 보다

벗기고 또 벗긴 다음 깨끗해진 살 위에 로션을 바르면 상쾌해지듯 과거의 묵은 기억이 지워진 곳에 새로운 기억이 촉촉이 적셔주나 보다.

당신이 밉다

그녀는 그를 보잘것없이 나약하게 만들어 놓고 가뭇없게 사라졌다.
그래도 그는 그녀가 밉지 않다고 했다.

그리고 중얼거렸다.
There must be reason behind.

상자 속

사랑을 고백했던 편지도,

이별을 통보했던 편지도,

결국은 이곳에 함께 보관된다.

상처

몇 달 전, 룸메이트가 운동하다가 넘어져서 무릎에 상처가 났다. 달리기 하다 갑자기 헛발을 디뎠는데, 발목에서 무릎까지 까진 상처가 어찌나 크고 깊던지 항상 긴 바지만 입고 다녔다.

매일 자기 전에 소독하고, 한국에서 가져 온 후시딘도 발라 주고, 외출할 땐 붕대도 감아주며 이렇게 '한 달 아니면 길어야 두 달이면 낫겠구나' 생각 했다. 가족도 없는 타지에 와서 비행도 못하고 하루 종일 집에만 있는 그녀 가 안쓰러웠다. 그런데 상처가 거의 아물 때쯤에, 그 부위에 또 상처가 났다 는 것이다. 침대에 부딪히거나, 친구나 낯선 사람이 모르고 상처부위를 건 들거나 그렇게 계속 나을 만하면 본인의 실수로, 혹은 친구, 낯선 사람의 실 수로 상처가 아물지 않았다.

벌써 두 달이 지나 석 달이 되어 아물고 새 살이 나야 정상인데, 깊이 파인 상처 부위가 아직도 벌겋게 피가 고여 있다. 이제 새 살이 돋아서, 상처부위 따위 신경 쓰지 않고, 다시 비행하고, 짧은 치마도 입고, 내게 맛있는 요리 도 해주었으면 좋겠다.

…… 그래도 다리 상처는 금방 낫겠지?
그런데 말이야, 가슴에도 계속 그렇게 상처가 나면 어떡하지? 가슴에 난 상처도 다리에 난 상처처럼 재생능력이 있을까? 몇 달이나 걸릴까?
가슴은 하나인데…….

잔향

연인이 있다.
둘은 방금 이별을 했다.
서로를 떠난다. 그는 자가용을 타고, 그녀는 자전거를 타고.

그는 엑셀을 밟고,
그녀는 페달을 돌리고,

그녀는 참 오랫동안 아파했을 것이다.

교각살우

내 이기적인 잣대에 너를 맞추려다
너를 죽였다고.

이유

리스본.

부루마블 남보라 색의 리스본.
최고가였던 빨강색의 런던이나 로마보다도
가지고 있으면 왠지 기분이 좋던.
어느 나라 도시인 줄도 모르고 돈만 있으면 무조건 샀지만,
별장이나 호텔을 짓고 싶지는 않았던.
나만의 비밀스런 도시.

대학시절 북유럽과 동유럽 그리고 스페인까지.
하지만 이곳은 왠지 멀게만 느껴져서.
미처 가지 못하고 그냥 돌아왔던 여행길.

갑작스럽게 생긴 4일 오프.

순간 이 모든 것들이 떠오르고, 가슴이 터질 듯하다.

호텔도, 도시 정보도, 아무것도 정해놓지 않고,

당일 구입한 여행책자 한 권과 비행기 티켓만 들고 그곳으로 떠났다.

남보라 색 같은 기분과,

마침표를 찍지 못하고 돌아선 미련과,

적절한 타이밍.

그래서 떠난 것 같다.

누군가를 선택하는 것 역시

왜 '그' 냐고 묻는다면

그렇게 됐다고.

그때의 기분과

그곳의 분위기 속

적절한 타이밍

이 수만 가지의 상황이 동시에 과녁을 맞혔다고.

2008.09.16

Lisbon, Portugal

가물가물

너를 사랑했던 적이 언제였더라.

나를 사랑했던 적이 언제였더라.

사랑이 있을까.

후회

더 이상 말하지 말았어야 했는데,
허공에서 떠돌기만 하는 것 같아서,
억지로 잡아 네 안에 넣어두면 이해할 줄 알았어.

더 이상 말하지 말았어야 했는데,
내 마음도 지친 너의 마음을 느꼈는지,
허공에 내뱉은 말들이 너에게 다가서지 못하고,
다시 내게 돌아와

결심

똑똑.

똑똑.

똑똑.

"폐쇄되었습니다."

똑똑.

"폐쇄되었습니다."

똑똑.

"폐쇄되었습니다."

똑똑.

"……"

똑똑.
".....".

똑똑.
".....".

처벅처벅

'이젠, 정말 폐쇄합니다.'

4부

나의 감성

내 이름

"처음이세요? 그러면 성함, 주민등록번호, 집 주소 말씀해주세요."

"성함이?"

"길지연이요."

(혹시 이분은 제대로 들었을까?)

"주민등록번호는요?"

"8000······."

"주소는요?"

"서울 중구······."

"네, 여기 있습니다. 대출기간은 10일입니다. 그 전에 꼭 반납해주세요."

"네."

한참을 머뭇거리다 발걸음을 돌렸다.

(저기요, 제 성은 김 씨가 아니라 길 씨에요.)

(헷갈리셨죠? 괜찮아요. 제 성이 희성이라서 김 씨로 종종 잘못 들으세요.)

굳이 설명할 필요가 없는 거다. 내 성이 김 씨로 쓰여 있던, 길 씨로 쓰여
있던, 그 사람에게 혹은 나에게 무슨 상관이 있으랴. 반납 시 난 그냥 '김지
연'이라고 말하면 되는 것을.

동사무소에서 운영하는 새마을문고가 동네에 생긴 이후로 국립 도서관에서 쉽게 빌릴 수 없는 베스트셀러나 만화책을 빌릴 때면 이곳을 자주 찾는데, 아담한 동네 문고라 항상 따뜻한 기운이 맴돌았고, 관리하시는 분의 포근한 인상에 더 애착이 갔다.

이곳 책상에 앉아 있으면 하교 후 놀러 와서 조용히 책을 읽는 아이, 무릎 나온 헐렁한 운동복 차림의 재수생, 몇 시간씩 책을 붙들고는 꿈쩍도 하지 않는 동네 복덕방 할아버지, 그리고 다 읽은 책을 기증하는 주민들의 모습도 볼 수 있다. 그래서인지 같은 책이어도 이곳에서 빌린 책 속엔 '인정' 이라는 페이지가 한 장 더 추가되어 있는 기분이 들었다.

"안녕하세요. 지난번에 대출한 책 반납하려고요."
"성함이?"
"김지연이요."
"두 권 빌리셨네요?"
"네."
"저기요…… 제 성이 원래 길 씨거든요. 근데 전에 아마 김 씨로 잘못 입력이 된 거 같아요."

이제야,
나는 그들과 동화되고 싶었나 보다.
나를 알아봐주었으면 했나 보다.

안녕하세요. 제 이름은 '길지연' 입니다.

습관

'열심히 일하는 것도 습관이다' 라고 말했던 지인의 입버릇이 떠올랐다.

그러고 보니, 모든 것은 습관과 연관되어 있다. 나다운 행동, 나다운 생각, 나다운 말이 쌓이고 쌓여 일상을 채우면서 습관이 되었다. 나도 모르는 사이 나를 겪는 타인은 수많은 행동 중에서 어떤 행동을 발견할 때면, '너와 닮았다' 라고 말한다.

보지도, 듣지도, 말하지도 않는 것이 나다운 습관이 되면 좋으련만.

겨울

겨울을 좋아합니다.
따뜻함을 느낄 수 있어서요.

비

비가 내리는 모습을 바라본다.

떨어지는 빗방울처럼 기억들이 하나 둘 떨어져 추억이라는 우물을 만든다.

세상에 비가 없었다면 얼마나 심심했을까?

비 덕분에 사람들이 기억하고 싶은 추억들이 얼마나 많은가.

내가 꿈꾸는 나

"국산만 팔아요" 외치지 않고,

'중국산 100%'라는 팻말을 100가지 종류의 중국산 야채에 모두 써 놓는 가게 주인. 그리고 한두 가지 국산 야채가 있어도 굳이 다른 곳에 분류하지 않고, 그냥 여느 야채 옆에 진열해 놓고 파는 그런 야채 장수가 되길.

꿈

항상 꿈을 꾼다.

결국은 같은 꿈.

라디오 DJ가 되는 꿈.

여행 작가가 되는 꿈.

누군가에게 아낌없이 주는 나무가 되는 꿈.

기타를 연주하며 노래하는 꿈.

청취자가 있고, 독자가 있고, 사랑하는 사람이 있고, 관객이 있고,

혼자서는 이룰 수 없는 꿈.

밝은 기운

긴 세계여행을 마치고 이집트에 터를 잡은 친구와 3년만의 회우를 가진 날, 서른이 훨씬 넘은 나이에 잘 나가는 회사를 그만두고 꿈을 찾아 가족과 함께 유학길에 오른 친구를 만난 날, 먼 타지에서 유쾌하게 사는 미혼모 친구와 그녀의 예쁜 딸을 만난 날.

그런 다음 날에는 누구나 하는 식상한 바람을 나도 마음 속 깊이 기도해 본다.
'제 주위 모든 사람들이 행복하길 기도합니다.'

많은 말을 나누지 않아도, 그 모습 그대로 빛을 발하는 당신,
내게 밝은 기운을 주는 당신을 난 감히 '친구'라고 말하고 싶습니다.
때로는 힘들겠지만, 어디에서든 꿋꿋하게 잘 지내고 있는 것만으로도 내 겐 너무 큰 선물이지요. 그저 지금처럼 묵묵히 지켜보며 가끔씩 무덤덤한 위로의 말 전할게요.

'당신은 참 멋있는 사람입니다.'

백발이 되면

스위스의 작은 마을

Appenzell.

우연히 들어간 카페.

백발의 노인들이 옹기종기 모여 앉아 노래를 부른다.

웬 동양여자가 들어오더니 풀썩 앉아 합석을 한다.

모두들 내가 궁금한지 즉석에서 '나'에 대한 가사를 붙여서 노래를

이어간다.

"저기 들어온 젊은 동양처녀 어디에서 왔을까?~"

그렇게 시작한 노래는 내가 일어나 인사를 하고 나서야 끝이 났다.

이어서는 또 다른 노래.

파란색 정장을 멀끔하게 차려 입은 한 노인이 일어서더니

타지에 있는 친구에게서 온 엽서를 꺼내 리듬을 실어 글을 읽는다.

이어서 한 분씩 돌아가면서, 노랫말이 된 엽서의 글이 모두 소개되었다.

때론 사진으로도 담을 수 없는 순간들이 있다.

그리고 이 순간,

동네 친구들과 남산에 옹기종기 모여 앉아 여행계획을 세우는

백발노인의 '우리'가 그려졌다.

2008.05

Appenzell, Switzerland.

(매주 목요일 친구들과 이곳에 모여 노래를 한단다.)

말. 말. 말.

한 자 한 자 펜으로 글 쓰듯
그렇게 말할 수 있기를.

내 자리

자리 선택권이 없었던 이전, 영화 보러 갈 때 말이야. 나도 스크린이 잘 보이는 가운데 중간 열에 앉고 싶거든. 그런데 내 자리는 맨 오른쪽 C열 119번. 구석에 있어서 스크린 반 정도도 간신히 볼 수 있는 자리인 거야. 그래서 은근슬쩍 눈치 보며 비어있는 B열 43번 중간에 있는 자리로 가서 마치 내 자리마냥 태연하게 앉아 있을 때 있잖아.

그런데 영화가 시작될 즈음에, 혹시 자리 주인이 와서 비켜달라고 할까봐 가슴이 두근두근 신경이 예민해져 있지 않아? 주위에서 발자국 소리만 들려도 이 자리 주인이 왔나? 하는 생각이 들고. "저기여, 여기 제 자리인데⋯⋯"라고 할 것 같고, 괜히 불편하고 때때로 죄스럽고, 찜찜하고 기분이 영 별로잖아.

그래서 말인데,
가끔은 말이야,
이 자리가 내 자리가 아닌 것 같을 때가 있어.

카드 배달 아주머니

승무원 입사 전 회사원이던 시절의 일이다. 신용카드사에서 카드 배달하러 오신 아주머니가 사무실에 오셨는데, 마침 카드 수령하셔야 할 차장님께서 외근 중이셨다. 갑자기 추워진 초겨울 날씨 때문인지 아주머니 얼굴이 벌겋게 얼어 있었고, 다급해진 난 서둘러 차장님께 전화를 했다. 카드사 규정 때문에 내가 대신 수령할 수도 없는 상황이었다. 차장님은 전화하고 오시지 왜 그냥 왔냐고, 옆에 서 있는 나에게도 다 들릴 정도로 역정을 내셨고, 아주머니께서는 일일이 전화하고 오면 전화비가 너무 많이 나온다고, 언제 다시 들어오는지 물었다.

순간 가슴이 답답했다. 자리에 서서 눈시울이 뜨겁다는 걸 알아챈 것 말고는 아무 것도, 아무 말도 할 수 없는 내가 무능해 보일 뿐이었다. 우리 엄마와 비슷한 연령대 같았고, 두꺼운 외투와 운동화, 카드사 봉투가 가득한 크로스백을 멘 아주머니 모습. 이런 일을 하기엔 너무 정중하셨고 고운 말씨였지만, 안쓰러운 얼굴이 눈물겨웠다.

난 무엇을 할 수 있을까?
난 어떻게 살아야 하나?
남과 비교하며 안도하며 사는 건 비겁한 걸까?

세게 틀어놓은 난방기의 뜨거운 바람이 내 목을 죄어 올 뿐.

비싼 나잇값

벌써 서른이 넘었다. 이놈의 나이라는 것은 내겐 너무 비싸기만 하다. 내가 사고 싶어서 산 것도 아닌데, 이 '3'이라는 숫자가 일단 나이 앞자리에 들어가면 그 나잇값이라는 것이 폭등을 해서 주인이 나잇값의 값어치를 제대로 하지 않으면 하늘이 두 쪽이 나는 손해를 볼 것이라고 엄포를 놓는다.

아니, 그냥 내 멋대로 가격을 측정해서 내게 맞는 나이를 가질 수 있으면 얼마나 좋겠느냔 말이다! 친구들과 늦게까지 어울리고 새벽녘에 들어가면 비록 잔소리를 퍼부을지라도 다음날 아침상 차려놓고 아침 먹으라고 깨우는 엄마가 늘 옆에 있으면 좋겠고, 옷, 가방, 신발을 사는데 월급을 다 써 버린 다음 날, 당장 점심값 낼 돈이 없어도 손 벌릴 수 있는 든든한 아빠가 있으면 좋겠고, 언제라도 다니던 직장을 때려치우고 몇 달씩 훌쩍 떠나도 철없다는 말 대신 멋있다는 말을 해 줄 친구가 있었으면 좋겠고, 아이의 엄마보다는 그저 누군가의 아이처럼 평생 안전한 울타리 안에서 살 수 있는 그 정도의 나이로만 살고 싶다.

그래서 말인데, 올해에는 나잇값 좀 내렸으면 좋겠다. 경기가 나빠서인지 이놈의 나잇값은 계속 오르기만 해서 나 같은 서민은 도대체 살 수가 없으니 말이다.

5부

가족의 감성

울 엄마

　카타르로 오기 전, 과자로 끼니를 때울 정도로 과자광인 딸내미를 위해 엄마는 보따리 장사로 변신해 카타르를 방문했다. 버터링 쿠키, 촉촉한 초코칩 쿠키, 오징어 땅콩, 양파깡, 새우깡…… 꺼내도꺼내도 줄지 않는 마법사의 요술가방처럼 끊임없이 나오는 과자는 어느새 식탁 한 가득이다. 나와 친구는 엄마가 과자를 하나씩 꺼낼 때마다 마치 마술사의 맨손을 뚫어지게 쳐다보는 아이처럼 눈을 부릅뜨고 '와' '아!' '우!' '이거!' '어쩜' 등의 감탄사를 연발하며 세상에서 가장 행복한 표정을 지었다.

　"언니가 사는 거 보니까 어때요?"
　카타르 도하에서 동거동락하는 친한 동생의 말이 떨어지기가 무섭게 엄마는 기다렸다는 듯이 낯선 타지에 와서 한마디도 하지 않던 꼭 다문 입을 열더니 탐험가에 의해 막 발견된 카타르 사막의 천연가스처럼 '펑!' 하며 오랫동안 묵혔던 속 이야기를 뿜어낸다. 어쩌면 모르는 사람 둘이 만나 금방 친해질 수 있는 가장 좋은 방법은 서로가 아는 누군가의 흉을 보는 게 아닐까 하는 생각이 들었다.
　"얘는 한국에 있을 때 자기 방 청소는 물론 자기 속옷 한번 빠는 걸 못 봤어. 집에 오면 잠만 자고, 밥도 잘 안 먹고, 매일 저녁 늦게 들어와서 새벽같이 나가! 또 휴가 때 집에 오면 동에 번쩍 서에 번쩍 친구들하고 놀러 다니느라 바빠."
　"푸하하! 언니, 정말이야?"

엄마를 처음 만나 서먹했던 동생이 '꽝' 하고 웃음을 터트린다.

"그리고 휴가 때 집에 올 때 뭘 잘 사오지도 않아. 뭐 승무원이면 이곳저곳 다니면서 좋은 거, 특이한 거 많이 사오지 않냐고 친구들이 묻는데 얘는 뭘 사오는 걸 못 봤어. 한국에도 다 있는 것들이라고 말이야."

"푸하하하하."

동생은 자가용이 움직일 때마다 고개를 끄덕이는 강아지 인형이 되어 연신 맞장구친다.

'둘이 아주 좋구나.'

방에서 옷을 갈아입으며 엿듣던 나도 피식 웃어버렸다.

"그러니…… 여기 이렇게 혼자 와서 뭘 먹고 사는지 걱정되지."

그리고 약간 주춤하신다.

이제야, 하시고 싶은 말씀을 하시나 보다.

"처음에는 전화를 걸고서는 한참을 말도 안하고 끊고 또 끊고 해서, 에고 요것이 혼자 힘드나 보다 해서 잠을 못 자겠더라고. 혹시 얘가 힘들다며 새벽에 문 열고 들어오지 않을까 해서 문도 못 잠그고, 새벽에 바람소리에도 깨고……."

그리고 고개를 떨어뜨리며 한동안 말을 잇지 않으셨다.

다음날 아침, 카타르와 가까운 두바이 비행 후 저녁에 숙소로 돌아오니, 내방은 물론 욕실, 베란다, 가스레인지…… 그리고 거실 창문까지 번쩍번쩍 광이 난다. 아마 두바이 칠성호텔도 내 방만큼은 못할 거다.

침대에서 곤히 잠든 엄마가 참말로 든든하다.

외가

세상은 주고받는 것이란다.
받는 다음에야 주려고 하면 기다리는 사람은 없어.
〈배려〉 - 한상복

지난 휴가 때 엄마와 함께 외할아버지와 외할머니 산소에 찾아뵈었다. 그동안 추석이나 설날 같은 명절만 되면 고속도로에서 7~8시간을 감수하면서 친할아버지와 친할머니께는 인사드리러 갔었는데, 외가 쪽은 한 번도 그런 적이 없었다. 그리고 보니 우리 집도 꽤나 가부장적이었다.

그게, 여기 도하에 있는 동안 계속 마음에 걸렸다. 그래서 "나 이번 휴가 가면 엄마랑 데이트할래! 엄마 고향에 가서 맛있는 도토리묵도 먹고 외할아버지, 외할머니 산소에 성묘 드리러 가자" 말해서 엄마 고향 충남 마전에서 데이트도 하고, 성묘도 드리고, 돌아오는 길에는 외삼촌댁에 인사도 드렸다. 그런데 외삼촌께서 이런 말씀을 하시더라.
"받는 다음에야 주려고 하면 기다리는 사람은 없다."

그리고 카타르로 돌아오는 길. 늦었지만 할 일을 했다는 안도감과 함께 그동안 딸로서, 같은 여자로서, 당신께 최선을 다하지 못했다고 생각하니 미안한 마음만 가득하다.

당신 덕분에 이만큼 왔어요. 고맙습니다.

작은 거인

승무원 시험을 준비하던 시절, 공개된 최종 합격자 명단 안에 또 내 이름이 없다는 걸 알았을 때, 친지 혹은 친구들에게 또 떨어졌다는 말이 나오지 않아 어디론가 숨고 싶고, 내 자신이 한없이 작게만 느껴졌을 때.

당신은 '너야말로 곧 작은 거인이 될 거야'라고 날 위로해 주었다. 당신 곁에 있을 때만은 못난 내 모습 보이면 어떨지 고민하는 건 괜한 걱정이었다. 나를 더 좋은 사람으로 만드는 당신.

고맙습니다.
사랑합니다.

평생 죄인

지난여름 카타르 도하에 놀러 오신 엄마와 함께 지낼 때의 일이다. 하루는 집 앞에 있는 대형 마트로 장을 보러 가기 위해 집을 나섰다. 그때였다. 신호등 없는 찻길을 엄마와 손을 잡고 걷다가 순식간에 오는 차를 보고 나도 모르게 엄마의 손을 놓아버린 게.

아차! 찰나였다. 그리고 엄마의 손을 놓아버린 내 손이 내 뒤통수를 거세게 쳤다.
'그곳에 서 있는 이기적인 너 자신을 좀 보라고, 무의식 중에 나타난 벌거벗은 너의 본성을.'

얼마나 놀라셨을까. 얼마나 실망하셨을까. 멈칫하고 서 있는 당신에게 돌아가 당신의 떨린 손을 잡고 찻길 밖으로 나오며 차마 당신을 바라볼 수 없었다.

난 이미 죄인인 것을.

혼자 먹는 밥

생선요리를 주문했다. 리스본 시내를 거닐며 골목골목 거리를 떠돌다 양복 입은 중년의 남성과 허름한 차림의 노인이 몰려있는 레스토랑을 발견하고는 무작정 들어가 자리에 앉자마자 오늘의 메뉴를 가리켰다. 곧 빵과 적포도주, 그리고 팔뚝만한 대구구이 한 마리가 레몬 반쪽과 함께 큰 접시에 떡 하니 나왔다. 무엇인가 별나고 푸짐한 음식을 기대했는데 그냥 대구구이라니. 실망감에 배만 더 고프다.

시내구경 하느라 하루 종일 굶은 나는 맛도 모르고 대구구이를 빵과 함께 입 속에 마구 넣었다. 한 모금 남은 와인으로 입가심을 하고 대구 머리와 앙상한 뼈들이 덩그렇게 남겨진 접시를 보니 왠지 애처롭다.

아빠 생각이 났다. 아빠가 여기 있었다면, '이 부분은 못 먹는 거야.' 하시면서 대구 눈알을 드셨을 테고, '이 부분은 제일 맛이 없으니깐 아빠가 대신해서 먹어줄게!' 하시면서 대구 알과 내장을 쏙쏙 발라 드셨을 거다. 생선뿐이겠는가! 퍽퍽한 닭가슴살, 딸내미 바람피우지 말라고 못 먹게 하던 닭 날개, 제육볶음의 비계, 지나치게 비계가 없는 설렁탕의 소고기, 때론 '라면 한 점만' 하며 집으시는 젓가락 가득한 내 열 점. 거기다 입천장 다 헐 만큼 뜨거운 국물을 식혜 마시듯 삼키는 아빠의 라면 국물 한 모금까지.

여행의 마지막 날.

갑자기 떠오른 아빠 얼굴은 게걸스럽게 먹던 나를 뜬금없이 울컥하게 한다. 어서 숙소로 돌아가서 한국에 계신 아빠 엄마에게 전화해야겠다. 대구구이 하나 달랑 있는 여행자의 조촐한 밥상을 걸쭉하게 만드는 아빠의 존재가 나를 배부르게 한다.

2008.09.19

Lisbon, Portugal

사랑이 부족했던 아이

어린 시절 부모로부터 상처받은 아이는 어쩌면 평생 동안 그 상처 속에서 헤어 나오지 못할지도 모른다. 말 못하는 갓난아이의 가슴에 부모 멋대로 새긴 문신을 어찌 지울 수 있을까.

못난 부모라서 아이에게 지울 수 없는 상처를 냈다면, 이를 자가 치료할 수 있는 환경을 제공하는 것이야말로 앞으로 해야 하는 부모의 평생 몫이 아닐까. 남은 그 숙제마저 저버리지 말자.

할아버지는 멍하니

할머니가 돌아가신 후 시골에서 홀로 지내셨던 할아버지는 서울에서 함께 살자는 부모님의 제의를 매번 거절하셨다. 익숙하지 않은 서울이란 도시에서 '멍하니' 있기가 싫어서였나 보다.

서울 집에 내려오셨을 때, 오빠 방에서 멍하니 담배를 피우시며 창 밖만 내다보시던 모습이 잊히질 않는다. 친구도, 룸메이트도 모두 비행가고 없는 카타르에서 맞는 3일간의 휴일이 길게만 느껴진다.

맛깔스런 우리말

거실에 있는 시계가 멈춘 지 일주일이 지났다. 휴가라고 친구들과 늦게까지 놀다 귀가하니 도통 배터리를 교체할 시간이 없어 그냥 그렇게 바라보기만 했다.

어느 날 시골에 다녀오신 아빠가 시계를 보시더니
"어라. 시계가 열중쉬어네"라고 혼잣말을 하신다.

"거참! 노인양반, 말 한번 참 귀엽게 하네!"라고 나도 혼잣말을 했다.

매일같이 T-bone 스테이크, BLT샌드위치, 봉골레 파스타만 먹다가 오랜만에 엄마가 끓여준 된장찌개를 먹은 기분이 들었다. 뉴욕 맨해튼의 코리아타운에 있는 한국식당이 아무리 맛있기로 유명하다고 해도 집이 아니고서야 진짜 맛을 느낄 수 있겠느냐 말이다.

배낭 하나

스물한 살 첫 배낭여행 때부터 사용한 이 배낭은 스물여덟인 지금도 여행 때면 늘 곁에서 의식주를 해결해주는 든든한 친구다. 구식 디자인에 푹신한 등받이 하나 없는 보잘것없는 가방이지만 천이 얇고 불필요한 장식이 없어 장기간의 배낭여행에서도 어깨를 가뿐하게 만들어 여행의 피로를 덜어준다.

이번 일주일간의 여행에서도 이 배낭의 효과를 톡톡히 봤다. 일주일간의 여행 동안 배낭 하나 짊어지고 도하에서 파리로 또 파리에서 쿠바로, 일정으로는 짧지만 직원할인티켓으로 떠나 멀고 험난했던 여행길에서, 만나는 모든 사람들에게서 하나같이 '이 가방 하나?' 라는 질문을 수차례 받았고, 내가 'YES' 라고 대답하면 모두가 부러워했다.

그랬다. 이 가방 하나면 일주일의 쿠바여행이든, 석 달간의 유럽 배낭여행이든 어디든 갈 수가 있다. 즉, 가방 하나로도 사람이 살 수가 있다는 것이다. 사람이 살아가는 데는 그리 많은 것이 필요 없다. 욕심을 하나씩 부리면 어느새 가방은 커지고, 무거운 가방으로 여행은 더 고단해질 것이고, 그만큼 분실의 부담감도 커지며 긴 여행길에서 감수해야 하는 것들이 너무 많아지게 된다.

우리 삶도 그렇다.

우리를 행복하게 만드는 것은 어쩌면 이 가방 속의 꼭 필요한 물건들처럼

소소한 일상 속에 묻어난 작은 것들이 아닐까.

2007.10

Havana, Cuba

Thanks to

벌써 4년 전의 일이 되었다.

한쪽 벽 가득히 세계 지도를 붙이며 세계 정복을 꿈꾸던 적이.

각 국을 비행하며 색칠하기 시작했던 각 나라를 한 번, 두 번, 세 번…… 몇 번을 다녀오니 병아리 색 같던 노란색이 누렇게 변해 있었다.

지구 반대편에 있는 사람들, 국적과 언어가 다른 사람들, 직업이 다른 사람들, 나이가 다른 사람들, 취미가 다른 사람들…… 모든 게 궁금한 것 투성이었다. 타인 속에는 나와 전혀 다른 무엇이 있을 것이라고 생각했던 걸까?

하지만 시간이 흘러 전혀 다른 곳에서 전혀 다른 사람들을 경험할수록 난 고향이 궁금해지기 시작했다. 주위에 사람들이 많아질수록 내 가족이 궁금했고, 여권에 찍힌 각국의 입출국 도장이 많아질수록 내가 사는 고향이 소중해지기 시작했다. 그리고 세상의 중심이 내 안에 있다는 것도 깨달았다.

무엇보다도, 누구보다도 내가 가장 중요하다는 거.

내 자신을 가장 소중하게 만들어 준 나와 인연을 맺은 모든 사람들.

그리고 하나밖에 없는 아버지, 어머니, 그리고 울 오빠

가족의 존재에 감사하고 또 감사하다.

"감사합니다. 그리고 행복합니다."